KB113194

간절함

간절함

신달자 시집

민음의 시 262

민음사

두 손을 모으고
두 손의 느낌이 없을 때까지
두 손이 사라질 때까지
시간의 최선 1초의 간절함을 너에게 바친다
시여!

시집에 순서를 둔다는 것은 사실 맞지 않다 하나같
이 희미함 하나같이 덜 차오름 하나같이 빈 봉투 같은
것 솟구치는 갈등에 번호를 매긴다는 것은 겉멋이다 그
러나 하나같이 식은땀이다

이 모든 역부족들조차 아리아리 간절함 속에서 태어
났다는 것

이것 하나의 진실을 이 시집에 모은다.

2019년 10월
신달자

차 례

산문 |

찬바람

연락 두절

기우는 해

너는 산을 넘고
나에겐 밤이 온다

너의 불붙는 옷자락에
내 피가 기울어 나는 더욱 캄캄해지고
더 캄캄해질수록 산을 넘는 너의 불꽃은 활활 탄다

캄캄해지는 것과 불붙는 일
내 생을 줄이면 이 두 가지일 것
그 두 가지가 오늘 더 찬란하게 마른 울음으로 땅을 친다

마음 구석에 달라붙은 상처들은 지구의 반이 타오르는
불꽃 속에서도
옮겨붙지 않고 따로 타오르고

나는 어둠에 섞여 따로 어두워지고……

적막이 나를 품다

안겨……
적막이 가슴을 열었다
머뭇거리는 찬 손으로
속옷까지 완전히 벗고 뛰어들어
고요히 고요히 적막과 하나 되어 보는
겨울 오후
이렇게 편안한 포옹은 처음이다
깊이 살 속으로 파고드는
허공

아무것도 없는데 무엇이었던
무엇이었는데 아무것도 아닌
관계가 슬금슬금 사라지는
바로 그때
다시 적막이……

간절함

그 무엇 하나에 간절할 때는
등뼈에서 피리 소리가 난다

열 손가락 열 발가락 끝에
푸른 불꽃이 어른거린다

두 손과 손 사이에
깊은 동굴이 열리고
머리 위로
빛의 통로가 열리며
신의 소리가 내려온다

바위 속 견고한 침묵에
온기 피어오르며
자잘한 입들이 오물거리고
모든 사물들이 무겁게 허리를 굽히며
제 발등에 입을 맞춘다

엎드려도 서 있어도

몸의 형태는 스러지고 없다

오직 간절함 그 안으로 동이 터 오른다.

나는 나의 뒤에 서고 싶다

멀고 먼 외톨이 섬

쌍칼을 들이대도 고요함만 지키는

까무룩한 등

내가 닿지 않는 곳

눈(眼) 하나 달아 주고 싶은 곳

나는 나의 뒤에 서서 나의 허리를 향해

왈칵…… 가던 두 손 멈추고

성스럽게 한번 바라보고 싶다.

졸여짐

졸아 졸아
누린내가 난다
시간은 발길로 차도 잘 나가지 않았다
시간이 키우는 것이 마음이라고 하지만
밑이 허옇게 썩는다
무엇을 기다리는가? 늙음인가 인기척인가

그리하여 그런고로 시간이 나를 내몰았구나
무지근한 내 나이가 섭섭잖게 정(情)도 들었으니
소나무 껍질로 마음을 둘렀으니
저 혼자 타다 숯이나 되지 않겠는가.

시간에 허기지다

흰 구름을 품에 안은

파아란 하늘을 쪼우듯

재빠르게 날아가는 새 한 마리 본다

이 우주

이 시간

몸에 새겨지다.

아득함

뒤꿈치를 들고 최대한 오른팔을 치켜올려도

닿을 듯 닿을 듯

닿지 않는 곳이 있다

떠오르는 해를 가지고 말하는 게 아니다

지는 해는 더더욱 흠잡을 게 아니다

닿는 것은 세상사 아무것도 없다

바로 앞의 사람이 더 아득하다.

심란함

오늘 내 가슴속

누가 무지갯빛 떡메를 치는가

벼랑 끝 저릿한 날바람

날바람 끝 곤두박질

파도 끝 생죽음의 전율

신음과 비명과 절규를 뭉쳐 뭉쳐

힘차게 누가 내리치는가

봄에서 겨울까지의 피바람만 뽑아 뽑아

내 목에 번뜩이는 장도(長刀)를 겨누는가.

무심함

자연과 인간은 서로 도우는 관계이지요

자연 한 잎을 뜯어 짓이겨 상처에 바르는 날

우주 한 잎으로 통증을 싸매는 밤

천둥소리도 밥 끓는 소리나 마찬가지

후려치는 빗줄기도 싸하게 입안을 맴도는 동치미 한 사발

모두 모두 인간을 위해 존재하는 우주의 오장육부입니다

저 무궁무궁한 사계절의 변화를 무심하게 바라보며 사
시는지요?

통증과 통정(通情)하는 밤

모래 한 줌을 쥐어도 저릿저릿하지요

짜릿함

심장의 혈류를 타고 오르며
온 몸이 조여
초 긴장감으로 옥죄는 순간

누가 슬픔을 조각해 별을 만드나
자르르르 시큼한 진액으로
파열음을 진동하는
고요한 내부의 화살.

다시 짜릿함

통증의 끝

맑고 가벼운 슬픔 한줄기

목에 두르니

온몸이 저릿

짜릿함이 불을 켜니

이 또한

순간의 빛 아니리.

싸늘함

뿌연 먼지가 일도록
마음 닦아 미소 하나 만들어

대문 열고 첫걸음에
나뭇잎 하나 찰싹 볼을 때리니

백일기도 태아 들어서듯
미소가 봄날 나뭇잎처럼 불러 오더라

일상에서 일상으로……
한순간 그 미소 들고 나는데
일상에서 일상으로……

무심하게 무모하게

미소가 미미해지는 일상적 폐허

내 몸 안에서 일어나는 어두운 반란.

적막함

너무 쓰다듬어 적막이 비단이 되었어

몇 년 더 쓰다듬으면 더 얇아져

지금 내가 목에 두른

실크 목도리가 되기도 하지

적막을 잘 길들이면

허공을 깎아 계단을 만들기도 할 거야

적막을 다 쓸어 모아 손에 꽉 쥐면

대못 하나가 될 수도 있지.

막막함

문고리마다
옷걸이마다
"힘내!"라고 써 붙였다

문 열 때마다 옷 입을 때마다
"힘내!"가 내 안으로 쑤욱 들어올 것이다

들어올 것이다
들어올 것이다

문고리와 옷걸이를 만지자마자 "힘내!"가
뚝 뚝 떨어져 내렸다

조금 더 기다려 주십시오

제가 보충과 수선의 균형을 맞추고
힘을 조절하겠습니다.

불안함

점이 정(情)이 될 수 있을까요?
얼굴 위 중심 눈 바로 아래 점이 당도했어요
치마 밑에 숨기고 싶어요
희미하게 조금씩 그 실체를 보이다가 얼굴에
자리를 잡은 듯 빛을 잡아당겨 터를 넓히는 점

저승꽃이라구요?

부른 적도 없는 불청객이 터억 얼굴에 꽂혀
이름도 아깝게 꽃이라니……

마음이 점 하나에 걸려 넘어지네……

눈부심

누가 야문 호미로 밤새 콕콕 찔러 대기라도 하듯

그렇게 온몸을 잘게 잘게 다져 놓은 듯 사나워

통증이 남은 생명을 두 발로 짓이기고 싶은 그런 시간이

그러게 그러게 있었다 하자

생각은 언제나 억시어서 부들부들 떨리기도 하건만

참말로는 나 그래그래 올해도 꽃 피는 걸 다 보았다네

참말로는 지금 내 앞에 죽어라 이뿐 호반새 하나 물가를 나르는

이 시간은 가뿐하게 온 세상이 부시기만 하더라.

심장이여! 너는 노을

저녁이 노을을 데리고 왔다
환희에 가까운 심장이 짜릿한 밀애처럼
느린 춤사위로 왔다

나는 그와 심장을 나눈 사이

닿을 듯 말 듯 불 같은 입술로 내 가슴께로
왔다 가면
나는 절반의 심장으로 차가운 밤을 노래한다
밤이 노을을 데리고 갔다
노여운 기다림을 온몸에 감고
캄캄한 휘장을 던지며 빠른 춤사위로 갔다

나는 그와 심장을 나눈 사이

노을에는 내가 활활 타오르고
나에겐 노을이 광기처럼 잠자는 울음을 깨운다

노을의 심장 위에 내 심장을 포갠다.

늙은 밭

늙은 밭에도 잡풀은 자란다
절반은 자갈이 들어박혀 수명 다해 가는 거친 밭에도
돌 사이를 비집고 잡풀이 자란다

이렇게 천둥이 치고 치는 밤
늙은 여자의 밭에도 이름 없는 바다의 해일이 쳐들어와
아무짝에도 소용없는 잡풀이 온몸을 덮어
회초리로 쳐도 죽지 않는 잡풀이 살 속을 흔들어
다만 누워 고요라도 암벽 타듯 끌어안으라 한다

어쩌다가 눈에 익은 배롱나무 한 그루
무슨 인연으로 천둥 낙뢰를 혼자 맞으며
방에서 새어 나간 마음 한줄기
밤새 누가 울었는지 소나기 없었던 마당이 젖어 있다

다만 누워 어둠을 꼬아 사슬처럼 온몸에 두르니
누군가 이리 떼처럼 운다 바스라지듯 운다
얼마나 단단한 심장인가 하늘이 내려와 땅을 덮고 땅이
솟구쳐 하늘을 껴안는

늙은 밭에는 홀로 울음을 달래는
산 그림자가 산다.

갸륵함

팔이 없는 사람이 성호를 긋는다?

해 뜨는 곳에서 해 지는 쪽까지

바람 부는 일

그의 기도였구나.

눈엽(嫩葉)

폭우로 막 두들기고

폭풍으로 잔가지 잔혹하게 꺾어 버리고

폭설로 서서히 숨구멍을 막아도

기어이 사랑하겠다고

여리고 푸른 혀를 내어 미는

봄.

외로움

외로움도 물방울이에요

더는 나무 잎새 속으로 들어갈 수 없어

뛰어내릴 수도 없어 매달려 떨고 있는

무서움은 이내 골수 속으로

깊이 길을 내는 하얀 피

소름이 굳어 그 안에 짓눌려

무쉬 ― 어 무쉬 ― 어 깡마른 여자.

불꽃

불꽃이 불꽃을 물고 불꽃 덩어리를 만나네

사랑이 그러했네

선홍의 불꽃 기둥이 좌르르 무너지며

잿더미가 되네

시커먼 그을음의 무늬가 사랑의 악보이니라.

깊은 골 심곡동

한 몇백 년 전
어느 전생에 한 번쯤 눈 맞춘 지붕이라도 있었을까
몇천 년 전 그 어느 전생에
몇 생애라도 지나 한 번쯤 오고 싶다고 다짐했을까
일흔도 훌쩍 지나 팔순 가까울 때
짐 싸 들고 오롯이 내 집이라고
먼 길 돌아 돌아 겨우 내 집에 들 듯

새끼들 우루루 끌고
늦은 저녁 제 집에 드는 개미 떼들 보고
침 발라 놓고 몇천 년 지난 것일까
나는 맨 꼬랑지에 서서
보따리 하나 이고 다 큰 자식들 뒤를 따르니
내 몸에 딱 맞는 옷 같은 집인가
깊은 골 묵주 하나씩 들고 식탁에 앉으니
은은한 빛 성모님이 계신 걸 알겠네
네 네 이렇게
모든 부족을 감사로 채우며
누리의 으뜸으로 끼리끼리.

여행길

어느 곳이었을까

거기가 어디든 다 길이다 그 길 위에서 툭 나뭇잎이 떨어지듯 너를 만났다

몇 개의 봄이 지나갔지만 아직 나는 한 걸음도 떼지 못했다

섬광이 지나간 바로 그곳에서 나는 몇 개의 겨울을 보내고 있다

겨울이 나를 얼게 하면 봄이 와 나를 녹이고

몇 번의 얼고 녹는 일에 나를 맡기면

나는 몇 번의 잉태를 한다 나는 다산형이지

그때 바로 그 시간에 너는 봄을 내 안으로 쑤욱 밀어 넣었다 겨울을 뚫고……

악천후

누리 누리마다 너 설 곳 없어 허공을 가르며 산다고 들
었는데
어느 길로 돌아왔는지

너 해진 노년의 옷을 벗어던지고 돌아왔구나
여기 왔구나

마음아!

이만하면 좋다

푸르게 멍든 깡마른 몸쯤 괜찮다.

오늘

오늘 하루 시간 딱 한 움큼을

아무도 몰래 비밀 서랍에 넣어 두었다

하느님도 몰라

성모님도 몰라

해지는 서쪽 하늘 까무라칠 듯 붉은 황새 한 마리

큰 날갯짓으로 날아오르는 그 시간을

혼자는 바라볼 수가 없어

주먹만 한 자물쇠로 가둘 수밖에.

저녁 6시

내 하루 속에는 저녁 6시가 있다
누구도 빼앗아 갈 수 없는 내 입안의 혀
온전히 나의 것인 저녁 6시가 있다

하늘에 붉은 수채화는 나를 부르는 것
내가 하늘빛에 약하다는 걸 잘 알고 있는 은근한 눈빛
듬뿍 마음을 쏟아 버려
내 밑바닥까지 알아 버린 터이지만
미워할 수 없지 따라가지 않을 수 없지

파아란 청빛을 좌아악 펴 놓고
드디어 진빨강의 하늘을 겹겹으로 칠하기 시작하면
그래 그래 나는 너의 것이다

죽은 사람도 살아 있고 산 사람은 젊어 있고
더 큰 공동을 만들어 가는 나의 저녁 6시
시간의 나이테가 골목을 돌아가는지
하루는 끝내 저물고
나를 더듬는 손밖에 기억이 없는

기어이 오고 가는 저녁 6시.

마음먹는 날

마음 한 상 푸짐히 차려 먹는다

마음의 날잎에서 뿌리까지

꼭꼭 씹어 단단히 삼켜야 하는 날

오늘은 수술하는 날.

숨결

긴 강을 끌며 높이 멀리 날아가는 새 한 마리
저 숨결

누군가 분질러 놓은 나무의 상처 위로 연한 푸른 잎을
내어 놓는 싹
저 숨결

끊어질 듯 말 듯 가는 줄기 끝에 겨우 핀 풀꽃
누군가가 밟고 지나가는
다급한 저 숨결.

김수환 추기경

팔을 주우욱 뻗어 강 건너까지 쭈우욱 뻗어

좌판 나물 파는 할머니 리어카 잡은 할아버지 악수 청
하고

바로 앞 청춘의 다친 피를 입술로 닦는 추기경님

자신의 무너진 뼈 소리에는 무심했던 추기경님.

자정 묵주기도

두 무릎 꿇은 자리

그 아래로 깊은 우물이 있다

은은하게 고이는 말씀

하늘 별 달 해가

거기 흐르네.

배부름

어제는 사르트르와 놀았다
철학적 감각이 내 키를 한 뼘 늘였다

오늘은 청년 랭보와 감각 놀이를 했다
「한없는 사랑을 넋 속으로 피워 올리며」
서로의 살을 쿡쿡 찌르며
생명을 느끼는 깊은 사막으로 걸어갔다

사막에 떨어진 그의 피 한 방울

어느 화산 폭발로 이어졌으리.

상처, 여미다

속살 심줄 하나 뽑아
속살 저 안의 멍 하나를 지우려 하다
속살 더 깊은 멍 하나를 들키고 마네

무슨 무슨 딴짓으로나마 고스란히 덮어 두려던
그 찰나의 비행(非行).

선마을 봄날

티 없이 맑은 청색 하늘
그 아래 소나무들 기지개 켜고
바로 그 옆에 매화 간지럽게 피어나고 있다
뜰에 피는 이 모든 것들의 몸에서
뚝뚝 떨어지는 태초의 공기를 마셔라

순간……
너도 나도 되살아남

어디에도 아픔 없고 마구 웃고 싶은
햇살 아래 이런 세상
땅 위의 민들레도 청색 하늘 보며
제 노오란 옷깃을 견주며 웃고 있네.

망치

망치 하나면
내 생이 교정될 수 있었을까

팔순 정상이 저기쯤인데
나는 지금도 망치가 필요하다

한 번 내리치면 굽은 등이 펴지고 두 번 내리치면 아직
도 시퍼런 감상으로 비를 맞고 거리에 서 있는 채송화 같
은 감상의 두개골을 부숴 버릴 수 있는 망치

집을 팔아 정신의 근육 한 근 사고 싶은 날.

풍경을 열다

고요
덩어리째 서로 물려
공간을 닫아 걸었는데
밝다

어디로 가는 길인지
무디어 투박하게 버티어
산 우듬지를 넘어오다가
밝다

저들끼리 바람 저들끼리 물결도
몸을 부풀리며 덩어리가 되어
살아선 못 풀 듯 껴안고 잦아지는
고요
밝다

혼자 오들오들 떨다가
떨림끼리 서로 비빈 훈김으로
서로 마음 붉어지는 따수운

고요
밝다

어느 바위가
골 깊은 고요의 빛으로
환생한 것일까

갈등

TV 화면
어느 여배우가 아프리카 깡마른 어린아이를 안고 울고
있다

월 만 원…… 죽어 가는 아이를 한 번의 내 택시비로 살
릴 수 있단다

두 개의 숫자를 누르다 그만둔다
세 개의 숫자를 누르다 그만둔다

그림자도 없을 것 같은 저 깡마른 아이 생의 무게는

지구 반대편 한 늙은 여자의 갈등일지 모른다.

몸에 좋은 것

....

지루함이 깃들 정도의 평화

자아가 느껴지지 않는

빈 골목.

바람의 생일

개조개를 넣고 미역국을 끓이는
오늘은 바람의 생일

삶은 계란 두 개
명란젓 두 개
소고기 완자를 한 접시 차리니

양수리 물 위를 걸어
내 집으로 오는데
몇 초도 걸리지 않았다
안개로 얼굴을 싸고 슬며시 비밀처럼 날아든
바람

달 밝은 양수리 강가
머리카락을 날리며 내 두 볼을 감싸던 다정한 바람
생일상 차려 주고 싶다고
덥썩 내 뭉클한 외로움이 약속한

그 바람이 다시

은근하게 붉은 속살의 언어로
내 식탁에 앉는
봄꿈의 한 찰나.

가시

자연의 한 끝이 내 몸속에 돌고 있다

그가 있는 곳이 가장 아픈 곳이다
너는 나의 연인
감각의 통로에는 내 사랑의 흡혈귀가 있는데
내가 빨아들인 것인가

뜨끔 아찔

촉수의 끝이 기억의 선을 따라
통증의 굴곡을 파고
선물처럼 그 존재가 머무른다

가시는 내가 키우는 생명
그가 있는 곳이 가장 아픈 곳이며
내가 사랑하는 곳이다

통증은 손이 많이 가는 곳

스으윽 살점을 찔러
생명 촉발의 순간 영화를 주는
가시 가시 가시
오늘도 가시의 끝에 햇순이 움튼다.

창 너머 집

북쪽 창 너머 학교 마당
키 큰 잣나무 위에 까치가 집을 짓고 있다

나뭇가지 하나 물어 오고

다시 나뭇가지 하나 물어 오고

종일 나뭇가지 물어 물어 오고

입 하나로 집을 짓는다

햇살 묻은 가지
어둠 묻은 가지
비와 눈이 묻은 가지를 쌓아
딱 요강만 하게 지어 놓은 집

까치 몸 푸는 날

지는 해도 아쉬워 머뭇거리는 시간

매무새를 고치며 그윽하게

나도 나뭇가지 하나로 까치집이 되어 보는 날.

기쁨

이가 다 빠지고 잇몸으로 우물거리는

내 기쁨

거칠거칠한 그리움은 내 입안을 허문다

부르튼 입안으로

떠난 이름 하나 담을 수 없는

후덥지근한 저녁.

자서전

긴 세월을 좍 펴 보라

그 긴 세월 밟아 보라는 벌이 주어졌다

…… 발이 사라졌다.

밤 11시

미닫이를 몇 번 여닫았을 뿐인데 어둠 여물어 밤 11시가 되었네

아뿔싸 한 시간이라 60분만 남았네

서둘러 봄을 불러 쟁기질을 하고 씨앗을 심고 푸른 잎들 옆으로 잘못 뻗어 나온 풀들을 뽑고 여름 속에서 벌레를 잡고 쑥쑥 크네 생명의 환희는 여름 속에 있지 땅의 열매는 가을에 있어서 한 바퀴 우주의 땀을 씻고 나니 열매 거두기 참 넉넉하네 그리고 겨울이 오지 따뜻한 차 한 잔을 마시며 종이책을 펼치면 아아아 1초가 남은 오늘 하루 안녕이라고 말하며 하루가 완전히 나무에서 떨어지네

탁!

종이컵

종이컵도 한 번 마시고 버리기엔 조금 아깝다
꼭 그만큼 아까운 것들이 이빨 사이에 끼어
입안을 뒤숭숭하게 하는 인연들이 있다

종이컵처럼 두 번 세 번 쓰면
허물어져서 물이 새는
그래서 일회용이라고 이름 붙인
종이컵 같은 인연들이 있다

보이지 않는 것이 더 질기느니
간단명료한 인연이란 없는 것
인연의 그늘을 햇살에 내놓으면
석 달 열흘에도 잘 마르지 않는다

삼천 날을 삼천 번 더해도
개운하지 않게 입안을 맴도는 인연이 있다.

이 순간

오른손이 아픈데
아직 기뻐할 일이 남은 왼손을 주머니에 푹 찔러 넣고
오른손만 태극기처럼 높이 치켜올리지 않았나요?

펄럭이는 승리의 깃발처럼 지나가는 바람까지 모두 불러
아프다 아프다
애국가보다 더 많이 불러 젖히지 않았나요?

그러면 지나가는 새들도 흔들리는 나뭇잎도
나도 나도 하는 그 재미에 붙들려
더 목매고 찡그리고 구름도 푸른 하늘도
한마디 하라고 신음 소릴 높였던 적은 없나요?

오른손은 꼴깍 숨넘어가는 소리를 내고
오른손을 통증의 신처럼 섬기면서
아직 더 웃고 싶은 왼손은 없는 듯 저 주머니의 어둠 속
에서
숨죽이며 있는 거 아시나요?

이제 왼손을 꺼내요 우리

이 순간 소량의 환희가 펄럭입니다.

비가 내린다고?

비가 내린다고?
20대에는 우산도 없이
주룩주룩 비 맞으며 길이라는 길을 온통 허덕이며 걸었다

비가 내린다고?
40대에는 자동차의 키를 돌리고
광릉수목원 백운계곡을 목숨을 담보로 내달렸다

비가 내린다고?
60대에는 희미하게 썸타는 남자 하나를 불러
커피숍에서 별 흥미 없는 이야기를 하다 집으로 갔다

비가 내린다고?
70대에는 창문 앞에서
나뭇잎 젖는 소리를 들으며 집에 있으니 좋다고
비스듬히 앉아 얼큰한 철학자 자서전 한 줄 넘기고 있네.

결

결에는 결의가 있다
입술 꾹 다문 결의로
결의가 결이 되어 흐른다

나뭇결이 되고 살결이 되고
물결이 되면서
마음결이 고운 무늬가 된다
시간이 된다 흐름의 역사는 그렇게 새겨지는 것이다

온몸 조이는 견딤을
바람결에 식히고
지름길이 없는 뻑뻑한 진통의 시간을
제 심줄 뽑아 지느러미 삼아 흐르는
생은 다 그렇게 흐르고 흘러
억만 년 생명의 무늬를 그리며
바위 위에 새겨 흐르며
결이 되는 것이다

손톱 열 개가 쑤욱 올라와 결의를 묻는 아침이다.

새로움이란 '움'이 돋는다

나는 회복 중이다

아스라한 절벽 끝에 외발로 선 적 있고
불빛 잦아진 캄캄한 강물 속으로 푹푹 걸어간 적 있지
저기 달려오는 기차를 보고 철길에 몸을 던진 적 있지

윙 윙 윙 위급한 나팔 소리가 들리고

내 몸의 협곡 사이로
내 영혼의 협곡 사이로
사이렌 소리가 아주 길었던 시간에

시야가 허물어지고
어깨가 흘러내리고
밥그릇에 부어내려도 가득 차지 않는 몸과 혼

　위급 위급

세상을 털어 내려다 두 귀를 자를 뻔 했다

나를 향해 뛰었다 내 안의 안을 향해 뛰고 달렸다
인기척이 없는 터널에서 나뭇잎이 너울거리는 것을 보았다
파도가 뛰고 내 안의 물과 불이 뛰고
시간이 뛰고 심장이 뛰고 뛰고 뛰고

칼자국도 지렁이 같은 흉터도 하나의 움이 되어 돋았다

사람들이 회복 중이라고 말했다.

지금은 수혈 중

쌓여 있는 시집을 읽고 있다

우수수 한입에 털어 넣는 시집이 있고
많이 씹어야 소화가 겨우 되는 시집이 있다
제목만 보는 시집이 있고 시인의 이름만 보는 시집도 있다

갈빗살을 뜯어 먹듯
살점 하나 남기지 않고 뜯는 한 권의 시집을 읽고 나면
그런 시집을 읽고 나면
얼굴이 붉어지는 듯
손끝이 더워지는 듯
한 방울의 피를 수혈 받은 듯

그 시집을 내치지 못하고
내 머릿속으로 시집의 기운이 전해 오라는 듯
베개처럼 베고 잠이 들기도 하는……

시는 고요히 배어드는 것이라고 알지만
큰 파동으로 심장을 지르며 오는

맥이 풀리고 명치가 저린 시집이 있다

시집 한 권이 아니라 나라 하나를 선물 받은 것 같은 시집
통째로 시인의 내면의 피를 온통 내게로 쏟아 부은 것 같은
시집이
그냥 한 방울의 피를 수혈한 것과 같은
뚝 뚝 피가 떨어져 내 몸으로 들어오는 시집

저기 우리 집으로 오는 중이다.

모랫길을 걸으며

강릉 강의를 끝내고 집으로 돌아오는 길
바다가 차창 안으로 세차게 파도쳐 왔다

폭염 속 휴가는 먼 일이었으니
잠시 발이라도 적시자고 모랫길을 걷는다
마음이 먼저 걸어가고 몸은 잘 가지 않는 모랫길
빈 몸이 왜 이리 무거운지
모랫길은 삶을 모두 불러 함께 걷는 것인가
마음으로 불러들인 지구와 자연과 애틋한 사람도
함께 걷는 일인가
무거워라
몸이 천 근 같아 겨우 몇 발자국을 가는데
바다는 눈으로 보고 무거운 모랫길은 수렁처럼 날 붙잡
는데
모랫길의 바람도 손잡아 주지 않고
혼자 걸어 보라 하네

나는 쇠사슬에 묶인 노예처럼 걷고
바다는 쉼 없이 파도치는데

내 삶은 언제나 안으로 화가 나 있어서

직접 말하지 못하고 저렇게 비유적으로 파도를 치는가.

겨울 들판을 건너온 바람이

눈 덮힌 겨울 들판을 건너 온 바람이
내 집 노크를 했다

내가 문 열지도 않았는데 문은 저절로 열렸고
바람은 아주 여유 있게 익숙하게 거실로 들어왔다

어떻게 내 집에 왔냐고 물었더니
여기 겨울 들판 아닌가요? 겨울 들판만 나는 바람이라
고 한다
이왕 오셨으니
따뜻한 차 한 잔 바람 앞에 놓았더니

겨울 들판은 겨울 들판만 마신다고 한다

말이 잘 통했다

처음인데 내 백 년의 삶을 샅샅이 잘 알고
겨울 들판을 물고 와 겨울을 더 길게 늘이고 있다

차가운 것은 불행이 아니라고
봄을 부르는 힘이라고 적어 놓고 갔다.

손을 잡는다는 것

내가 지금껏 아름답게 살아 있는 것은

이것과 저것을 엮는 봉합 기술 덕분일 거야

이것은 울분 저것은 내란

이것은 증오 저것은 질투

이것은 탐욕 저것은 절도

그 모든 것을 한순간 놓아 버리고

이것은 감사 저것은 행운으로

잘 맞지 않는 것을 공손히 엮어 순해지는

봉합 기술 하나를 배워

일생 마음의 재봉틀을 돌리며 살아가는 것.

문을 열며

어느 문이라도 그렇다
문이 쉽게 열리면 내가 덜컥 놀란다
손에 힘을 꽉 주고 열리지 않는 문을 여는데 익숙해서
단 한 번도 단 한 번에 열리는 문을 본 적이 없어서
손바닥에 열이 나 곧 불이 날 것 같이 힘을 구겨 넣어
문을 여는데 길들여져 있어서
문을 여는 대로 문은 열리는 것인데
내가 여는 문은 모두 닫혀서
안으로 꽁꽁 묶여서
그것이 열어야 할 것이면 더욱더
세상이건 사람이건 밥 한 그릇에도
세상에서 가장 큰 바람이 이빨로 꽉 물고 있어서
착한 구름 하나가 풀어 보려 해도
이제 막 핀 채송화 꽃들이 열려라 열려라 응원을 해도
도무지 열리지 않는 문 앞에만 서 있어서

어쩌다 쉽게 단 한 번에 문이 열리는 순간
깜짝 뒷걸음치며 덜컥 겁이 나는 것이다.

여운(餘韻)

오래오래
아주 느리게
너는 너를
나에게서 가져갔다
너는 누구였기에
완전히 널 가져가고도
발자국 흔적 하나까지 가져가고도
그러자니
아주 오래오래
눈썹 하나도 남기지 않으려니
그러자니
한 생도 지나고 죽음도 지나고
그러자니
아주 오래오래
너의 생도 나의 생도
이 세상에서
사라지기도 할 것인데
사라지고 나서도
이 세상에는

더러 무슨 무슨 아쉬움이

꽃으로도 피고 노을로도 퍼져 가기도 할 것이니

여운은 칼로도 베지 못할 것이니

겨울 해 지고 엷은 청색 어둠이 몰려오는 그 시간에 나
는 사무쳤다.

씨앗

꾹꾹 누른다고 터지지는 않는다
나는 여러 번 눌러 본 사람
밖으로는 고요히 숨이 머문 듯
청력이 좋은 사람은 듣는다
이렇게 작은 살점의 깊은 곳에
저 먼 사막의 가쁜 호흡이
재빠르게 달려오고 있다는 것을

그를 부르듯
다시 꾹꾹 눌러 그 깊은 안을 불러 보면
절대의 사랑과 영원이 천둥 치듯
내 한 손을 허공 위로 쳐들게 한다는 것
사막이 아니라 숲이었다는 것
생명이 뛰논다는 것
한 번의 죽음으로 영영 안 보이는 사람보다
이 긴긴 생명으로 남은 씨앗

꾹꾹 눌러도 소리 한 번 지르지 않는
이 작은 것의 이름은 우주

한 번의 죽음으로 깨워도 불러도 소리 없는
손톱 길이만 한 인간의 생보다야
아슴한 빛의 골목길을 휘돌아 가고 있는 씨앗

나 언제 씨앗처럼 몸 줄여 움터
이파리 하나 뻗어
땅속에 그 목소리 스칠 수 있겠나.

매물(賣物)

하늘은 무엇이 부끄러워
저리도 온몸을 구름으로 가리는 것일까
연중무휴 꽃으로 동물 형상으로 천사로
아니다 아니다
하늘은 하늘의 속살 신비를 다 보이지 않으려고
아름다운 색채 그림으로 그 몸을 가리는 것이다
인간이 땅을 쪼개어 팔듯
하늘의 신비까지 쪼개어
매물로 내놓지나 않을까 해서……

지하철 책 한 권

어느 칸이라도 자유다. 어느 칸이라도 무료다. 어느 칸이라도 내 의자가 있다. 나는 어디에서 내려도 상관없다. 나는 어느 역에 타더라도 책을 읽는다. 지하철은 독서실이다. 어둠과 햇살이 뒤섞인 청춘과 노인이 뒤섞인 이 독서실은 백색소리* 속으로 빠져드는 책의 요람이다. 독서는 늘 절정에 도달한다. 안방 내 책상에서보다 더더욱 집중력이 최대치에 달한다. 나는 책 속에서 나오지 못하고 책 속에서 생을 살다가 두루두루 살다가 내가 내려야 하는 역에서 책 밖으로 나온다.

책에서 나왔는데도 나는 계단을 올라도 책 속이고 길 위에 나와 햇살을 걸어도 책 속이다. 내가 책이 되어 있는 시간을 잘 접어 핸드백 속에 넣고 강의를 위한 강단 위에 오른다.

책들이 내 앞에 주욱 앉아 있다.

* 여러 가지 소리가 서로 어울리면서 가장 집중력이 강해지는 순간

땀방울의 노래

땀방울 하나를 따라간다
한 사내의 이마 위에 맺힌 땀방울이 턱 끝에서 막 떨어
지려는 순간
내 긴장은 몇천 개의 물방울로 떨어지고
그 땀방울은 떨어지지 않았다

은둔의 야성이 드러누운 의지를 이끌고
와와와 세상 밖으로 뛰쳐나와 순간 발을 멈추는
이 장면들

영상 38도
1000도의 쇠를 달구는 철근 공장의 사내
몸이 모두 불이 되어
정신의 육체의
그리고 밥의 즙을
온몸 줄줄줄 흘리는 사내들

아찔아찔 어지러운 120층의
유리 벽을 닦고 있는 줄 위의 사내 이마에도

육체는 버리고 삶은 끌어안는
허공의 땀
허공의 삶
불안불안 하늘과 구름과 세상사의 가슴 한쪽이 얼비치는
저 유리는 혼(魂)의 거울이 아니냐

두어 달 가겟세가 밀린
두 평짜리 공간에서 스테이크를 구우며
가스 불 옆에 바짝 붙은 사내
의 땀방울은 물이 아니라 피다

저기를 보아라 하루해가 지느라 얼굴 붉은 저녁
한숨까지 한 짐으로 올리는
북촌의 팔순 벙어리가
리어카에 잔뜩 폐지를 빌딩처럼 쌓아서
끌고 가는 저 노을의 허기진 이마에 맺는 꽃 꽃 꽃

턱끝에서 땀방울은 결코 그 얼굴을 떠나지 않고
위로 솟구치며 스미고 스며들어

입으로 눈으로 귀로 다시 스며드는
검붉은 땀방울에 세상은 슬쩍 비켜서는가

아무 일 없이 빈손 헛발질로 골목을 걸어가는
한 중년 사내의 등에 나는 진땀은 보는 이 없이
무거워 허리 굽는다
배꼽에 땀 고이고
두 어깨 내려앉아
사타구니가 다 젖도록 생의 사막을 쟁기질하는
사내들의 노역이
비틀거리는 사람들을 바로 일으켜 세우지 않겠느냐
물이라고
땀이라고 말하지 마라
그들 이마의 꽃으로 나도 덜덜덜 떨면서 오늘 일어서고
있다.

오자(誤字)투성이

원고도 핸드폰 문자도 나의 하루도 오자투성이다. 오, 오, 오, 틀렸다고 고치라고 잘못됐다고 귀청을 울린다. 툭 툭 툭 빗살 아래 소나기가 우둑우둑 떨어지더니 굵은 빗줄기가 사납게 튀어 내 생의 등을 때린다. 잘못됐다고요! 어디서 함성이 우박처럼 떨어진다. 그래, 나 많이 틀렸다. 오자투성이다. 글자도 틀리고 시간도 틀리고 길도 틀리고 정신도 틀리고 잘못됐어요! 누가 창을 두드린다. 요란하게 천둥치더니 다시 우박이 떨어져 내린다. 과수밭에 사과 알이 우둑우둑…… 쇠고랑까지는 안 갈라나? 그래, 나 많이 틀렸다. 내친김에 손가락도 발가락도 다 삐뚤어진 것은 뼈가 녹아 오그라진 것은 생이 다 굽어 삐뚤어진 것은

……그래, 나 많이 틀렸다. 글자는 고치되 생은 고쳐질지 몰라

하늘이여! 교정이 되는 것이옵니까?

네

네, 저는 주님의 종이오니 그대로 제게 이루어
지게 하소서

"네"
이천 년 전
이 짧은 대답 하나로
거친 광야를 다 안아 들인 여자
어린 나이에 두렵고 떨리는 그 생을 받아안았으므로
그 예리한 칼로 찔르는 예언에의 순명에 자신을 바쳤다
성모마리아
네, 네 대답 하나 던지고
머뭇거리지 않고 덥썩 받아안은 못

나는 나의 종이어서
네
내가 내게 대답하고
달아나면서 달아나면서 어쩔 수 없이 받은 못

네 그 짧은 대답 하나로
성령으로 처녀 몸에 아이를 가지고
그 아이 섬기며

그 아이 피땀을 입술로 닦은 여자
가슴에 받은 그 못이
그 아이의 살을 뚫고 들어가는
인류 구원은 못으로 시작하였으니
인류 구원은 피로써 이루어졌으니
인류 구원은 그 아이의 죽음으로 이루어졌으니

네 그 짧은 대답 하나가
인류와 한 세상을 구원하였으나
네 네 네
오늘 나는 이 짧은 대답을 내일로 미루고 있네.

잿빛 수화

내가 네게 한 말들은 절대로 떨어져 죽진 않았을 것이다
물에 던진 것은 물고기가 되고
땅에 던진 것은 싹이 트고 꽃이 필 것이다
하늘에 던진 적도 많았다
그거 봐! 모두 별이 되어 있잖아

이 세상의 물고기 이 세상의 꽃 이 세상의 별은
내가 네게 던진 말들이라고
오늘 비 내리는 오후
묵정 같은 밤이 내리기 시작하는 시간에
내가 네게 말한다

우리가 만나 말과 살을 섞어
이 세상의 새로운 봉우리를 지어 올릴 때
말보다 간간하게 붉어오는 살빛으로도
하늘에 계단을 놓고도 올렸다
천 년이 지났나? 한 3초쯤 지났나?

내가 네게 던지는 말은

억만 년이 지나 다시 억겁의 세월을 지나 버렸다
내가 네게 던진 말은 세상을 채우고도 저 달나라로
부서졌을까
네가 어디에서 내 말을 듣든
우리는 이미 다 알고 있다
이 대화는 주고받는 것은 아니지만
그래서 화사하지 못하고 잿빛으로 이어 가지만

세상의 모든 것은 바로 내가 네게 건네는 말이라는 것.

커피 여행

새벽 5시
커피를 혀끝에 물면
나는 이미 따뜻한 안개 가득하게 빽빽한 숲속을 걷고
있다
윤동주가 자신을 만나러 가듯
산모퉁이를 돌아 논가 외딴 우물가를 지나
하늘 치솟는 대숲을 지나 먼먼 산 계곡 휘몰아쳐 지나
눈 찌르는 햇살이 고문처럼 짓누르는 사막을 느긋하게
지나
지난 시간들이 온몸을 부수며 달려오는 바다에 이르면
나는 한 마리 참새에서 까치에서 산새에서 호반새에서
독수리에서
바다에 이르러 갈매기가 되어 있네
아픈 두 발로 갔는데 날개로 날았네

세 번째 커피 잔을 들고
나는 집으로 돌아오는데
세탁기 앞에 빨래가 쌓이고
냄비들은 주인의 손을 기다리는 일상에 서서

나는 거실을 맴돌며 아직도 긴긴 어느 골목길에 서서
돌아오지 않는 나를 기다리네
커피는 내 마음과 정신을 일으켜 세우고
일상에서 나를 떠밀어 낯선 대문을 열게 하네

나를 떠나게 하고 나를 기다리게 하는
이 유랑의 혼(魂) 커피여!
새벽에서 밤까지 커피 잔을 들고 분주하게
어느 길목에서 시를 만날 것인가
초조하고 불안하게
시인 종족에서도 가장 낮은 부족의 자세로 허리를 굽히며.

어둠의 날개

자정 가까운 테헤란로 찬란한 빛들이 비에 젖고 있다
제아무리 발광하는 빛 무리도 천둥치는 폭우에게는 허
리가 꺾이는지
흐리고 흐린 빛 속에 눈을 뜨려고 안간힘을 쓴다

나는 지금 몇 번째 휘황찬란한 밤거리를 돌고 있다
핸들을 아비처럼 잡고 비에 흠뻑 빠져 있다
노래가 끝나지 않은 것이 이유다 속을 거리에 풀어놓고
싶어서 지금 몇 번째 거리의 노래방 내 작은 차 안에서 홀
로 연회를 베풀고 있다
현대백화점을 지나 다시 삼성동으로 봉은사 사거리에서
영동대교를 지나 다시 돌아와서는 테헤란로에 들어서고
있다
하늘에서는 비가 내리는데 거리에는 피가 흐른다 자정
이 훨씬 지났지만 비도 그치지 않고 내 노래도 그치지 않
는다
집으로 갈 수 없는 이유다 폭우가 하늘을 돌아 내 안으
로 내 눈물이 다시 하늘로 가서 비가 되듯이
나는 빛과 빗속의 밤거리를 돌며 어둠을 낳고 있는 것이

다 밤이 깊어지는 이유다

어둠의 날개는 피의 날개인가 이런 밤엔 피가 너무 진해져 어둠이 되어 질척거리는 것이다

내 오른팔 겨드랑 속 상처 언젠가 칼이 드나들며 거기 눈물을 심었던 상처가 더 저리다

가슴에는 사랑이 왔다가 칼을 심고 간 흔적도 있다 상처는 늙지 않고 손은 늙었다 눈물도 통곡도 시퍼렇다 페달을 밟는 발도 늙었다

그리움도 고장이 나 가끔은 깜박 잊는다 늙지 못하는 것은 눈물이다 저 하늘이 내 눈물을 아직 다 흘리지 못한 게 이유다 생리하듯 한 달에 한 번 통곡하는 이 야밤의 핏물 흘리기 나의 노래.

셀프 학대

한의사 선생님이 제 병명은 셀프 학대라고 단정지었습니
다 학대를 위로로 바꾸시면 약이
　필요 없을 겁니다

왜 그렇게 견디었는지…… 왜 그렇게 감당하려 했는지……
왜 그렇게 불 속으로 두 손을 집어 넣었는지……

후두부종

염증 심함 부종 심함

안정된 상태에서 편안하게 이야기할 것
자주 미지근한 물을 섭취할 것
흥분해서 소리 지르지 말 것
극단적으로 감정의 소용돌이에 빠지지 말 것
혼탁한 상상과 가망 없는 공상을 피할 것
습관성 분노를 자제할 것
뜨거운 욕을 삼키지 말 것
상처에 추억을 연고로 바르지 말 것
억울해도 바위에 주먹을 치지 말 것
무리하게 그리움을 참지 말 것.

희수지령(喜壽指令)

허영을 불붙여 겸허를 데우리라

번뜩이는 과욕은 재 아래 두어라

감격도 절반으로 다스려

복(福)도 줄여 받노라면

명인도 오르지 못한 가벼움에 들리라.

소리의 내면

낙엽 한 잎이 떨어지면서 스시시 소리를 낸다
저 낙엽은 소리가 바닥난 것이다

모든 사물은 소리를 가지고 있다
모든 사물은 안으로 생명만큼 소리를 되감고 있다
소리가 그 생을 다하면 낙엽처럼 떨어지는 것이다

꽃들도 소리 없이 지는 것은 없다
소리 없이 죽는 개미도 없다

하물며 접시도 깨어질 때
그 안에 쌓인
요란한 소리를 마지막으로 퍼뜨리며 숨이 멎는다.

한강이 나에게 이르노니

첫 번째 말

사람들은 물밑 사정을 잘 몰라요
겉치레만 보고 아름답다고 말하지요
지난날도 속사정이 좋지 않았어요
덩치 큰 사람들이 뭘 찾는다고 종일 내 몸을 쑤석거려
혼줄을 놓다가
겨우 숨 고르기를 하고 있는데
감탄하는 사람들이 있어요
해 기울고 저녁놀이 내 어깨쯤으로 내려와 아른거리고
주변 빌딩숲 네온 불빛이나 반포대교의 빛 그림자 찬란
해지면
무슨 말인지 젊은 남자가 여자에게 말해요
"야 죽인다"
내 귀가 이상해요 우리 한국어 맞죠?

사람들은 물밑 사정을 잘 몰라요
수면은 고요해도 물아래로 별별 일이 다 많아요
서울의 한강이 아프다는 것을

한마디 위로도 없다는 것을

별이 울고 달이 함성을 지르고 절벽 위에서 해가 떨어지고

고요히 흐르는 것처럼 보이지만 고르지 않은 세상 여기

있어요

저녁 산책으로 곱게 차린 남녀가

내 옆을 거니는 모습은 아름답고 품위 있어 보여요

서로 다정하게 앉아 종이컵에 소주를 마시다가

남자가 갑자기 소주병을 내게로 확 던지네요

사랑이 아닌가 봐요

아야야 내 허벅지가 시커멓게 멍들었지만 내색하지 않

아요

강의 물살에는 인내의 피가 흐르지요

확 멈추고 싶은 마음을 풀어 풀어 오늘도 흐르지만

흐르고 흐르는 이 거대한 사랑을 사람들은 쉽게 말하지요

강이니까……

두 번째 말

요즘 TV 드라마를 보세요 고민하는 사람은 내게로 와요
카메라가 꼭 강가에 선 남자나 여자를 찍어요
"나 고독"이라고 써 붙인 여자 남자가 내 앞에 서서
끝내는 울어요 누군가를 원망하면서 그리워하면서
연애인지 싸움인지 내 앞은 연극 무대예요
죽을 만큼 사랑한다고 입술을 부비며 말하는 거 다 들었는데
이 강을 두고 맹세한다고 다 들었는데
그리고 혼자 다시 와 울어요 사람들 속에서는 무슨 일
이 일어나는지 몰라요
강은 울기 위해서 있다고 믿는 사람 있나요?

그러나 나는 너무 오래 살아
사람들의 고독과 눈물과 이별
그런 일쯤 그냥 다 머리 쓰다듬어 주고 싶어요
넘어진 곳 안에 스스로 일구는 빛으로 견디는
사람들이여!

눈물은 이미 친숙한 내 가족사의 한 가닥이지만
마시던 종이컵은 가져가세요

"자연보호"라고 쓰인 모자를 쓴 사람도
마시던 물병은 가져가세요

흰 구름이 모였다 흩어지고 갑자기 붉은 해가 제 몸을
감싸고 사라지는
　그런 순간 하나씩 별이 돋는 시간을 아름답다라고만 말
하지 마세요
　어루만져 주세요 이 강! 당신들의 물이에요 아시는지?

세 번째 말

나는 빗장이 없어요
그렇게 몇억 년을 흘렀지요 내 기억에 걸린 세월도 백만
년은 돼요
열지도 닫지도 않아요 태어날 때부터 그냥 열려 있어요
나는 거부하는 것을 몰라요 칭찬도 욕도 거짓말도 다 받

아들이죠

사람들이 내게 배울 점이에요

품위 있는 차림새로 슬쩍 내 몸속으로 생활 쓰레기를
버리는 것도

빗장이 없어 그래요

죽은 짐승 산 짐승도 다 뛰어들고

화장실에서 낳은 핏덩이도 내게 던지는 젊은 엄마가 있
어요

갈매기들이 끼룩끼룩 사람 대신 울어 주지요

오죽하면 무슨 사연인지 투신이라는 이름으로 제 몸까
지 던져 버리는 어른들도 있잖아요

건져 가기도 하고 남아 썩기도 해요

내 속이 어떻겠어요?

어제 뱃놀이하는 사람이 "이건 비밀이야"를 열 번 이상
하더라구요

그러면서 비닐봉지 뭉치와 철근 더미를 수두룩 다 내 안
으로 밀어 넣더라구요

열려 있는 대신 하늘이 있고 눈 맑은 바람도 있고 허공
도 다 눈이 있어요

나는 저 하늘이 재산이고 저 불빛이 재산이고 저기 저 사람들이 다 재산이어서

  사람들이 정직하게 순하게 웃고 정답게 잘 사는 것이 내가 흐르는 힘이에요

  나도 마음이 아프지만 며칠 전에는 치매를 앓는 아내를 태우고

  자동차를 아주 내 몸속에 파묻은 안타까운 할아버지도 있었어요

  자식이란 키우는 거지 폐를 끼치면 안 된다고 강 갈매기에게 마지막 말을 했다더군요

  나에게도 피의 내림이 있어요

  결국은 저 바다에서 만나지요

  살짝 들었는데 사람들의 욕심과 욕심이 부딪쳐서 기름이 유출되었다네요

  나 기름진 몸은 싫어요 흐르고 싶지 않아요

  나의 검은 절망을 씻겨 주세요 안아 주세요

  시커멓게 죽은 바다가 나의 꿈이 될 순 없어요

  나는 태어나기를 사람들과 연을 맺어야 하는데

  온몸에서 기르는 진심 온정신으로 키우는 최선

그래야 사람들의 생명이 생명이 되는 거잖아요
떨어져 있어도 같이 흐르는 사람들이여!

네 번째 말

나는 날지 못하지만 날짐승들과 함께 살아요
날개가 있는 저 가볍고 맑은 이름조차 가벼운 새들과 함
께 살아요
서로 바라보기도 하고 가끔은 스킨십도 하며 발끝으로
내 볼을 스치기도 하고요
나는 새들과의 놀이를 즐기지요
얼마나 많은 이야기를 물어 와 함께 흐르는지 아세요?
사람들의 변화를 이해할 수 없다고
그 맑은 새들이 새벽에 저녁에 와서 수근거려요
그 날개 아기들이 나와 함께 팔을 흔들면
사람들은 그게 자신들을 의심하는 춤인지도 모르고 아
름답다고 하죠
그러나 사람의 동네에 무슨 이상한 병이 살기(殺氣)의 비
를 뿌리고 있는지

조류인플루엔자는 도무지 무슨 병이기에

사랑하는 나의 친구들을 다 매몰시키는 건지요

새들이 피해자예요 나는 그들의 울음을 알아듣는데

아직도 바람 속에 나뭇잎 사이로 별빛 속에서도 싸르락
우르락 우는 소리 들려요

사람들이 아 저 강!

감격의 순간에도 울음소리가 피어요

시냇물도 계곡물도 다 눈물이에요

지금 출렁이는 내 몸도 다 눈물이에요

무슨 연유로 좌르르 와르르 새들이 처참하게 함몰당하
는 걸 바라보아야 해요

지금 새들이 노래하는 거 아니고

지금 새들이 사랑하는 거 아니고

떠난 새들을 슬퍼하는 목놓아 우는 소리라니까요

누구누구에게 죄를 빌어야 하나요

나는 더듬이가 없어요 두렵고 아찔해도 그냥 흘러요

수용 감수 포용 그게 내 운명이에요

나는 흐르기만 했어요 나는 자연스러운 순종자예요

그렇담 도대체 범인은 누구일까요?

다섯 번째 말

나는 육(肉)이고 혼(魂)
너무 그리워 흐르다가 강이 되고 바다가 되지요
유유히 흐른다고?
나는 지금 파도치는 곳으로 가는 중이에요
사실은 지금도 내 몸은 파도치고 있는 거예요
멈춰선 강은 없어요 흐르고 흐르는 나의 생리를
그러면서 이곳저곳 생채기를 견디는 나의 이 간곡한 흐
름을

나를 하늘처럼 두려워하진 않지만 나는 하늘이기도 해요
하늘은 나의 탁본 나는 하늘의 심장
잘 보면 실핏줄이 터져 붉은 피가 미세하게 흐르고 있는
거 알아요?
사람들이 이런 속사정을 모른다 해도
천만 년 기억을 내 몸속에 다 갈피갈피 지니고 있는데
나를 함부로 하는 일은 하늘을 욕되게 하지요
사람들이 믿는 그 신의 섭리는 차라리 주둥이 작은 새

들에게 물어봐요

　사람들의 욕망은 내 발밑에 퇴적물로 깔려 있고

　불안은 침전물로 굳어 가고 있어요

　흐르지 않는 침전물 이물질의 거점은 나를 괴롭혀요 날 아프게 해요

　예(禮)를 알고 아름다움을 알면 사람들이 소주병으로 내 몸을 학대하진 않을 거예요

　그럼에도 불구하고 사람들은

　나를 생명줄이라고 마이크 앞에서 말하기도 하더라구요

　"인간의 미래"라고도 해요

　그뿐인가요 나를 잔잔하다 아름답다 불빛이라도 내리면 고혹적이라 해요

　뭐! "고혹"?

　살았는데 죽었고 죽었는데 살아 있는 세월을 기러기가 물어 가고 딱새가 물어 가고

　한 쌍 제비가 물어 가고

　박새가 물어 가고 물총새가 물어 가도 줄어들지가 않았어요

조롱박딱정벌레가 물어 가고 은줄팔랑나비가 물어 가고
알락꽃하늘소가 물어 가도

그 세월이 줄어들지가 않았어요

그러나 그들이 날 살려요…… 사람들도 이 시간 강을 살
리자고 이마를 맞대고 있어요 그죠?

나를 바라보는 힘

신달자

나는 그렇다. 자고 있거나 깨어 있거나 말하거나 침묵하거나 울거나 웃거나 집에 있거나 밖에 있다. 일주일에 두어 개의 약속이 있는 것을 좋아해서 사람들과의 만남을 즐기는 것 같지만, 혼자 있는 것을 원할 때도 많다. 이 뻔한 삶 속에서도 힘이 빠졌다 솟아나고, 어두워졌다 환해진다. 숨고 싶다가도 돌출하고 싶고, 착해졌다가도 악해진다. 도대체 이런 감정 변화는 어디서 오는 것일까?

소중한 것은 쉽게 스쳐 지나간다. 나는 이렇게 스쳐간 것들을 끝까지 따라잡으려는 욕망을 내려놓지 못한다. 그 욕망 속에 감정이 출렁인다. 이 모든 출렁거림을 단단한 의지로 붙잡기 위해서는 몸을 비틀어야 한다. 내가 나를 사

111

랑하는 쪽으로. 그렇게 몸을 비트는 내적 강인성은 '시'를 떠올릴 때 겨우 생겨난다. 그때 전깃불이 들어오듯 머리가 환해진다.

나를 정면으로 바라보는 힘! 그것이 생의 반추다. 상대방만 보고 나를 직시하지 못한다면 일상의 관계에 문제가 생기기 마련이다. 안과 밖의 모든 관계에서 그렇다. 우울하고 불행할 때, 의욕을 잃고 시들시들할 때 좌절할 때 내 개인의 경제는 추락한다.

행복은 아주 중요한 경제 문제다. 행복과 삶에 대한 의욕을 '경제적 힘'이라고 불러도 좋을 것이다. 나의 행복을 지키는 가장 큰 경제적인 힘은 나를 둘러싼 사람들과의 좋은 관계. '관계의 경제'라는 말을 나는 그래서 사용한다.

시는 혼자 쓰지만 혼자 읽는 것은 아니다. 그러므로 나에게 시는 내 삶의 경제적 가치다. 그럼에도 "그래도 시에게만은 나는 최선을 다했다."라고 말할 수 없을 것 같다. 어디까지가 최선인지는 알 수 없지만, 삶을 저당 잡힌 채 벼랑 끝 나뭇가지 하나를 붙잡을 때만큼의 안간힘을 과연 시에 바쳤는가? 하는 질문에 나는 당당하지 못하다.

이번 시집에서는 제목처럼 간절하게 생을 짚어 보고 싶었다. 이제 더 이상 어떻게 진실 아닌 것을 가까이 하겠는가?

*

　연인과 친구를 뭐라고 부를까. 가족과 이웃과 동료를 뭐라고 부를까. 우리는 그들을 사랑하므로 그들을 불러야만 한다. 뭐라고 불러야 좋을까. 나는 그 모두를 '너'라고 부른다.

　그렇다면 집과 산과 바다를 뭐라고 부를까. 들과 언덕과 숲을 뭐라고 부를까. 호수를, 골목길을, 아슴푸레하게 보이는 한강의 야경을. 처음엔 보잘것없어 보이지만 서서히 그 눈부신 진실을 드러내는 사람이나 물건을. 산자락에 쏟아부은 듯 피어 있는 원추리의 주황빛 태양을. 나는 그 모든 자연을 '너'라고 부른다. 봄, 여름, 가을, 겨울의 계절, 그리고 그 계절 안에서 생명을 이어 가는 동물과 곤충까지도 말이다.

　학교와 직장과 사회와 국가는 또 무엇이라고 부르면 좋겠는가. 나와 관계 맺은 도시와, 언젠가 반드시 가 보고 싶은 꿈의 도시를 또 뭐라고 부를까. 그리고 이 모든 세계는 무엇이라고 할까. 이 모든 것을 나는 '너'라고 부른다.

　세상에는 나와 너밖에 없다. 나는 오로지 하나지만, 내가 만나는 모든 대상은 '너'다. 우주 안의 모든 것이 '너'로 함축된다. 풀 한 포기, 빌딩 하나, 사탕 하나, 신발 한 켤레, 극장 하나, 영화 한 편, 책 한 권, 그리고 미국도 중국도 일본도 세계도 모두 '너'다.

　내가 받은 한 통의 편지, 내가 쓴 엽서 한 장, 이미 그

관계가 아득해 보이는 어떤 풍경, 내가 도달하려는 목적지, 내가 사랑하고 싶은 사람 하나, 내가 업으로 생각하는 '일'도 한마디로 '너'다.

그뿐이겠는가. 우리들 마음속 그 거대한 세계도 결국은 '너'에 속한다. 만약 '나'라는 존재가 현실이라면 '너'라는 존재 역시 현실인 것이다. 그것도 아주 막강한 현실이다. 우리는 모두 이런 현실 속 '너'를 가지고 있다. 얼마나 부유한가!

푸른 하늘, 바람, 비, 태양, 달, 구름, 허공을 나는 새 한 마리. 그것도 우리의 것이 아니던가. 누구나 한 번쯤 공원에 가 본 적이 있을 것이다. 국립공원, 동네 공원, 그리고 어디든 펼쳐있는 무수한 길들... 그 모든 것이 우리의 것이며 바로 '너'다.

그것들은 모두 우리에게 무상으로 주어진 것이다. 아니, 받은 것이다. 오직 나 하나 존재함으로써 얻어진 것은 무한하다. 이 세상에 '너' 존재하므로 '나' 바라보는 힘이 솟구친다고 말해도 좋을 것이다.

*

감정이라는 유령의 덫이 있다. 감정이 불현듯 소용돌이치며 솟구쳐 올라 벽에 머리를 찧고 싶은 순간이 지금이라고 없는 것은 아니다. 그러나 마음의 빗이 그 감정의 파도를 잘 빗겨 내려 이내 고요해지는 것을 느낀다. 사람들은 그것이 나이 덕이라고 말한다. 그렇다. 나이 덕일 것이다.

　나는 바람의 사촌쯤으로 태어났다. 나의 젊은 시절은 감정과 감정, 현실과 감정 사이에서 진폭이 큰 파도처럼 대책 없이 떨어져 내리며 부서지던 세월이었다. 나는 나로 인해 그렇게 휩쓸렸다. 마치 그런 폭풍 같은 감정을 놓치기라도 하면 시에서 멀어지는 것처럼. 그 감정 때문에 나를 너무 고단하게 부려 먹었다. 감정을 제왕처럼 받들고 그것을 "진실"이라고 외치면서, 감정을 배반하면 날 배반하고 문학을 배반하고 나라를 팔아먹는 것처럼 생각했던 것이다.

　인생에 후회가 있다면 남발한 내 감정이다. 그것에 형체가 있다면 두 팔을 묶어 감옥에라도 넣고 싶지만 그러지 못해서, 아니 스스로 만든 감옥에 넣기도 했지만 그는 너무 자주 출소하거나 도망쳐서 내 가슴에 면도날 자국을 그었던 것이다.

　감정을 최우선으로 사는 동안 이익에는 둔했다. 감정을 흘러가는 대로 두면 결국 남는 것이 없다. 돈을 남발하는 파산과 다르지 않다. 감정 낭비는 피로와 자책만 남긴다. 한량없이 배고프고 초라한 것이 감정이다. 적당량의 감정은 에너지가 되지만 과다하면 붕괴한다. 늘 우울한 낮과 밤, 늘 위태롭기만 했던 외로움은 감정이 자생시킨 쓸모없는 지병이었을 것이다.

속 빈 강정같이 본질도 알 수 없는 감정과 싸우던 시간들이 내 젊은 날이었다. 그 시간의 절반이라도 실체를 찾는 일에 쏟았더라면 나는 지금 세상을 변화시키는 방법도 자신을 보호하는 방법도 인간을 사랑하는 방법도 더 많이 알고 있지 않을까. 그런 감정에 익사하는 것이 아니라 그 감정을 극복하는 힘을 길렀다면 내 문학도 좀 더 생생한 호흡으로 살아 있을지 모르는 일이다.

내 문학도 인생도 그렇게 모셨던 감정이라는 유령 때문에 손실이 컸다고 나는 단정한다. 후회라는 낱말에 서슴없이 손을 든다. 약지도 영악하지도 못해서 철철 감정에 휘둘리는 그 모습, 나약하고 가파른 감정으로 덜컹거리는 그 여자에게 매서운 회초리를 갈기고 싶다.

*

나이가 들어도 감정은 살아 있다. 마음과 나이의 거리가 만들어 내는 또 하나의 아픔을 견디는 일이 바로 나잇값이 아닐까 생각하고 있다.

감정 관리는 건강과 경제력 못지않게 중요한 노후 준비의 조건이다. 젊은 시절의 감정은 불분명한 상처만 남고 소멸되지만, 노후의 감정은 경험을 토대로 한 창의적인 생활로 이어져야 할 것이다. 상실과 질병, 정서적 허기에서 나온 새로운 감정을 견디기 위해서는 영적인 힘에의 의존이 필요하지 않을까. 절제의 깊은 미덕이 내 문학과 생활에 든든한 자산이 될 수 있도록, 충돌하는 마음을 잘 다스릴 수 있도록 따뜻한 신의 손을 기대한다. 나의 낮과 밤은 '간절함'으로 가득 차 있다.

어느 지인이 자신은 마음이 흘러가는 대로 살고 있다고 말했다. 마음 따라 그냥 살아간다? 나는 절대로 내 마음을 믿지 않는다. 내 마음은 공정한 도덕을 벗어날 때가 많다. 가슴속에 공정한 관찰자가 박혀 있는 이성적 인간이 나는 못 된다. 내 나이에게 부끄러울 때도 있다. 그러니 어떻게 마음을 따라 살 수 있겠는가. 허망한 공상에 나를 맡겨 버리고 빈손으로 돌아올 때가 많았지만 지금은 그러지 않으려 한다. 이를 지그시 깨문다. 창의적 상상력이 아닌 헛된 망상을 거부하려 한다.

새로 이사한 동네는 고요하다. 방에서는 산줄기의 능선이 보인다. 자주 그 능선과 대화한다. 능선은 내가 만나고 싶어 하는 모든 사람을 대신한다. 햇살과 바람이 너울지고 그 너울 속으로 바람이 불고 새가 난다. 생의 노후에 만난 좋은 친구다. 가능한 긍정적으로 생각하려 한다. 너그럽고 고요하고 싶다.

슬픔도 늙는다. 때론 젊은 날처럼 옷이 젖도록 울고 싶은 때도 있지만 그렇게 울지 않는다. 마음이 흐느끼고 어깨가 출렁이는데 눈은 마를 때가 많다. 그래서 강물을 바라본다. 그래서 하늘을 바라본다. 그래서 허공을 바라본다. 그래서 능선을 바라본다. 바라봄이 울음을 가능케 함을 알기 때문이다. 내가 누구에게도 건네지 못하는 말이 거기에 흐르고 있음을 알기 때문이다. 그 흐름 속에 마른 내 시가 흐를 수 있다고 믿기 때문이다.

*

"힘을 내라구. Bon Courage! 밤에 헤어질 때, 아주 좋은 이야기를 나누었을 때에도 로댕은 곧잘 내게 이렇게 말했다. 그는 알고 있었던 것이다. 젊었을 때 매일매일 이 말이 얼마나 필요한지를."

이 말은 로댕에게 많은 것을 배운 릴케가 한 말이다. 나는 늘 이 말에 밑줄을 그었다. 그러나 지금은 그 밑줄을 지운다. 젊은 날이 아니라 늙음이 왔을 때 "힘을 내라구!" 이 말이 매일매일 얼마나 필요한지를 알고 있기 때문이다. 나는 릴케의 말을 이렇게 고쳤다.

"늙음이 찾아 왔을 때 '힘을 내라구!' 이 말이 매일매일 얼마나 필요한지를 나는 알았다."

사람에게 자연에게 시에게 신에게 모든 것에게 간절하다. 나에게 내 나라에게.

이 시집도 그러한 간절함에서 이루어진 것이다.

지은이　　　신달자
　　　　　　시집『열애』,『종이』,『북촌』등이 있다.
　　　　　　공초문학상, 정지용문학상, 대산문학상, 석정시문학상 등을 수상했다.
　　　　　　한국시인협회 회장을 역임했으며, 은관문화훈장을 수훈했다.
　　　　　　현재 대한민국 예술원 회원이다.
　　　　　　문화진흥정책위원회 위원장을 맡고 있다.

간절함

1판 1쇄 펴냄 2019년 10월 11일
1판 4쇄 펴냄 2023년 1월 9일

지은이 신달자
발행인 박근섭, 박상준
펴낸곳 (주)민음사

출판등록 1966. 5.19. (제16-490호)
서울특별시 강남구 도산대로1길 62(신사동)
강남출판문화센터 5층 (06027)
대표전화 02-515-2000 / 팩시밀리 02-515-2007
www.minumsa.com

ISBN 978-89-374-0882-3 04810
　　　978-89-374-0802-1 (세트)

* 2019년 대한민국예술원의 예술창작활동 지원을 받아 제작되었습니다.
* 잘못 만들어진 책은 구입처에서 교환해 드립니다.

민음의 시

목록